Judy

y el amuleto de la mala suerte

this book
bilongs to

··· —————— ·

name

this book
belongs to

_____
name

Judy Moody

y el amuleto de la mala suerte

Megan McDonald

ilustraciones de

Peter H. Reynolds

ALFAGUARA
INFANTIL Y JUVENIL

Penguin
Random House
Grupo Editorial

Título original: *Judy Moody and the Bad Luck Charm*
Primera edición: agosto de 2022

© 2012, Megan McDonald, por el texto
© 2012, Peter H. Reynolds, por las ilustraciones
© 2012, Peter H. Reynolds, por la tipografía "Judy Moody"
© 2012, 2018, Peter H. Reynolds, por las ilustraciones de cubierta
Judy Moody®. Judy Moody es una marca registrada de Candlewick Press Inc, Somerville MA
Publicado mediante acuerdo con Walker Books Limited, London SE11 5HJ
© 2022, Penguin Random House Grupo Editorial USA, LLC.
8950 SW 74th Court, Suite 2010
Miami, FL 33156

Traducción: Darío Zárate Figueroa

ISBN: 978-1-64473-351-6

Impreso en México / *Printed in Mexico*

22 23 24 25   10 9 8 7 6 5 4 3 2 1

Para Jordan y Chloe, mis amuletos
de la buena suerte.
M. M.

Para mi talentosa compinche
Megan McDonald.
P. H. R.

Índice

El centavo de la suerte

Ella, Judy Moody, tenía un centavo. Y no era un centavo cualquiera. No era un centavo con la efigie de nuestro Abraham Lincoln de toda la vida como los demás.

Era un centavo de la suerte. ¡De verdad!

Judy y su familia llevaron a la abuela Lu a desayunar en la cafetería Dos pollos en una balsa. Stink ordenó —¿qué más?— mini panqueques. Judy dijo:

—Yo quiero el especial de Dos pollos en una balsa. Y un poco de jugo de vaca.

—¿Jugo de vaca? —preguntó Stink, enderezándose.

—O sea, leche.

—Jugo de vaca con chocolate para mí, por favor —dijo Stink.

—Como venía diciendo —prosiguió Judy—, la abuela Lu me llevó a patinar al Monte Trashmore, que se llama así porque era un vertedero de basura.

—Y pasamos patinando junto a una de esas máquinas tragamonedas —dijo la abuela Lu.

—Y la abuela Lu me dio un centavo viejísimo que tenía, de los años 70...

—Viejíííííísimo —dijo la abuela Lu, con una sonrisa.

—Y lo pusimos en la máquina y ¡miren! —Judy sacó un centavo con un trébol de cuatro hojas dentro de una herradura, que decía: MI

CENTAVO DE LA SUERTE. MONTE TRASHMORE, VIRGINIA.

—Eso no es un centavo de la suerte —dijo Stink—. Es un centavo aplastado. Es raro. Parece que le pasó por encima una aplanadora.

—Aun así es un centavo de la suerte, Stink —dijo Judy–. Aquí lo dice, ¿ves?

—¿Cuánto pagaste por eso? —preguntó Stink.

—Cincuenta y un centavos —dijo Judy.

—¡Cincuenta y un centavos! ¿Pagaste cincuenta y un centavos por un centavo?

—Un centavo *de la suerte* —dijo Judy.

—Es un centavo especial —dijo mamá—. Un recuerdo.

—Un *souvenir* —dijo papá.

—Voy a empezar a coleccionarlos –dijo Judy, y frotó su moneda—. Será mi nuevo pasatiempo.

—Pensé que tu nuevo pasatiempo era coleccionar calcomanías de bananas —dijo Stink. —Y palitos de chupetín con chistes.

—¿Stink? ¿Tienes que saber todo sobre mí?

—Chicos, no empiecen —les advirtió papá.

Mientras esperaban su comida, Judy tuvo una idea. Había visto una máquina en el vestíbulo principal. Una máquina genial, llena de otra cosa que ella coleccionaba: ¡animales de peluche!

—Abuela Lu, ¿tienes monedas de veinticinco centavos? —preguntó Judy.

La abuela Lu hurgó en el fondo de su monedero.

—Tengo cuatro. ¿Son suficientes?

—Sí. ¡Gracias, abuela Lu!

—¿También vas a aplastar monedas de veinticinco centavos? —preguntó Stink.

—No, solo quiero jugar a la Supergarra —dijo Judy, y señaló la vitrina.

—Olvídalo —dijo Stink. Es súper imposible. ¡Nadie vence a La Garra!

—Sí —dijo Judy—. Algunos lo logran. De lo contrario, la vitrina estaría llena. Además, ¿qué puedo perder?

—¡Ah pues! ¡Dinero!

Judy tomó las monedas.

—Vamos, Stink-o. Antes de que llegue la comida.

Se alejó de la mesa y fue corriendo al vestíbulo.

—¡Espérame! —dijo Stink.

—Uno, dos, tres... —dijo Judy—. Tenemos exactamente cuatro monedas.

—¡Cuesta un dólar por turno! —dijo Stink—. O sea, cuatro monedas de veinticinco centavos.

—Yo voy de primera —dijo Judy.

—Pero entonces a mí me tocará no ir *nunca* —dijo Stink.

—No si gano. Si gano, tenemos un turno gratis —dijo Judy.

—Lo que yo decía. Nunca —dijo Stink.

—Vamos, Stink —dijo Judy, apretando la nariz contra el vidrio—. ¿Cuál agarramos?

—El elefante amarillo —dijo Stink.

—Tiene una oreja parada. No, espera. ¡El mono azul! ¡No, espera! El león verde.

—¡El rinoceronte púrpura! —dijo Judy.

¡Clink-clink-clink-clink! Las cuatro monedas cayeron en la máquina. *¡Rrrr!* Comenzó la cuenta de treinta segundos. Judy sujetó la palanca. Movió el brazo gigante hasta que la garra quedó colgando sobre el rinoceronte.

—¡Apúrate! —dijo Stink—. Solo te quedan veintitrés segundos.

Ella, Judy Moody, se dispuso a agarrar.

Stink se inclinó más.

—¡Seis segundos! —dijo.

La garra abierta se cerró sobre el cuerno del rinoceronte.

—¡Te tengo! —susurró Judy. Presionó el gran botón verde en la palanca para cerrar la garra.

—¡No lo sueltes! —gritó Stink.

Judy contuvo el aliento. Trató de no temblar. Trató de no sacudirse. *Tranquila, tranquila. Con cuidado, con cuidado.* Con la palanca, posó el rinoceronte sobre el foso

y *¡vualá!* lo soltó. El rinoceronte resbaló por el tobogán hasta la compuerta.

Judy abrió la compuerta y sacó el rinoceronte púrpura.

—¡Mío, todo mío! —exclamó, abrazándolo.

—Turno gratis —dijo Stink—. Me toca.

—De ninguna manera, Chinche.

—Pero dijiste...

—Stink, ¡gané! ¡Vencí a La Garra! ¡Estoy en una buena racha! ¿De verdad quieres meterte con una suerte así?

Stink negó con la cabeza.

Judy metió la mano en el bolsillo y frotó su centavo de la suerte.

—¿Listo? —preguntó.

—Listo, Cocoliso —asintió Stink.

Judy sujetó la palanca. Su mano estaba sudorosa. Respiró hondo.

—Vaca anaranjada —dijo Stink y señaló—. ¡Saca la vaca anaranjada!

En menos de diecisiete segundos, Judy logró agarrar la vaca anaranjada, mantenerla bien sujeta con la garra, y enviarla por el tobogán hasta la puerta.

—Ganamos —dijo Stink, estirando la mano para tomar la vaca anaranjada—. Lo lograste. ¡Venciste dos veces!

—Turno gratis —dijo la máquina—. Turno gratis.

—¿Vamos por el tercero? —preguntó Judy.

—Sí, sí sí-sí-sí —dijo Stink. Estaba tan emocionado que tenía las mejillas rojas.

—Está bien, Chinche. Es tu turno. Siente la presión.

—¡De ninguna manera! —dijo Stink—. Estás en una racha ganadora.

Judy sacó su centavo de la suerte y lo colocó sobre la máquina.

—Vamos, centavo de la suerte —susurró. Tomó la palanca una vez más.

Esta vez, agarró apenas un mono azul por la puntita de la colita. Tiró de la palanca, despacio, despacio.

—Vas a soltarlo —dijo Stink—.

¡La cabeza del mono azul chocó con la tenaza del cangrejo rosa!

—¡Cuidado! —dijo Stink.

Por fin, Judy soltó el botón, y el mono azul cayó por el tobogán de los premios.

Unas luces se encendieron y parpadearon. "¡Se acabó el juego!", dijo la máquina.

Judy y Stink volvieron corriendo a la mesa, con el rinoceronte púrpura, la vaca anaranjada y el mono azul.

—Guau —dijo Stink—. ¡Venciste a La Garra tres veces seguidas! Es como una especie de récord.

Judy mostró su brillante moneda y sonrió.

—¡Todo es gracias a mi centavo de la suerte, por supuesto! —dijo.

Buena suerte x 3

Al día siguiente, tres cosas le pasaron a Judy. Tres cosas de buena suerte.

Judy despertó como lo hacía cualquier otro día. Bajó corriendo a desayunar como cualquier otro día.

—Stink, pásame las Lucky Os, por favor.

Stink le pasó el cereal. Judy lo virtió en un tazón. Le añadió leche.

Entonces sucedió. La Cosa de Buena Suerte Número Uno.

Uno, dos, tres, cuatro, cinco, seis, siete malvaviscos de formas divertidas quedaron flotando en su cereal.

—¡Stink! ¡Mira esto! ¿Cuántos malvaviscos ves?

Stink contó.

—¿Siete?

—¡Exactamente! Siete es un número de la suerte. De hecho, siete es el número más afortunado de todos.

—¿Puedo comer uno?

Stink acercó su cuchara al tazón de Judy. Judy le dio un manotazo.

—¡No! Tengo que ver si alguno es una herradura morada. Dan mucha suerte.

Judy metió su cuchara y sacó una herradura morada.

—¡Es doble! —exclamó—. Dos herraduras moradas pegadas. Las cosas dobles también dan suerte.

Stink miró su tazón. Miró dentro de la caja. Pero no vio más malvaviscos dobles de la suerte.

—Te tocó toda la suerte a ti —dijo Stink.

Se llevó una cucharada de cereal sin suerte a la boca. Se dejó caer en su silla y masticó. De pronto, sus ojos dejaron de parpadear y todo el cuerpo se le paralizó.

—¿Qué? ¿Qué pasa? —preguntó Judy.

—¡Mi sobre de salsa de tomate de la suerte! —¡Me le senté encima!

—¿Qué?

—Ayer en la cafetería, tú tenías tu centavo de la suerte en el bolsillo, y yo también quise tener algo que diera suerte. Así que me guardé un sobre de salsa de tomate en el bolsillo de atrás como amuleto

mío. Pero se me olvidó, y creo que acabo de aplastarlo —Stink puso cara arrugada de me-senté-sobre-la-salsa-de-tomate.

—Ooh, qué asco. ¡Déjame ver! —dijo Judy.

Stink se puso de pie y se pasó las manos por el pantalón. En efecto, tenía todo el fundillo embadurnado de salsa de tomate. Toda la silla estaba embadurnada de salsa de tomate.

Judy le pasó a Stink una servilleta.

—Toma, limpia el volcán de salsa de tomate.

Judy cerró la caja de cereal. ¡Auch! ¡Se cortó con el papel! (mala suerte). ¡Pero una cortada significaba que tenía que usar una curita! (buena suerte).

Judy subió corriendo por las escaleras y sacó su colección de Curitas Locas. Tenía curitas de ojos, de zombis, y de cinta de escena del crimen. De arcoíris, sushi, muñecas rusas. ¡De pan tostado!

Sacó todas las curitas con forma de pan tostado, y se puso una en el dedo. ¡Esperen solo un minuto! ¿Qué es esto? Una bola arrugada de... ¡billetes de dólar!

¡Diez dólares en total! ¿Qué hacían en la caja de Curitas Locas? Tal vez Stink los había escondido y olvidado.

¿A quién le importa? ¡Era rica!

Judy hizo un anillo de origami con cada billete. ¡Un anillo de dinero! Uno para cada dedo. La Cosa de Buena Suerte Número Dos.

◈　◈　◈

Esa tarde, Judy Moody, el Mono Azul, el Rinoceronte Púrpura y los diez dólares de la suerte llegaron a la fiesta de Jessica Finch en el Boliche Luz de Estrellas. Al entrar, Judy corrió por el vestíbulo, en busca de una máquina de Supergarra.

—¿Nos buscas a nosotros? —preguntaron Frank y Rocky, que aparecieron junto a ella. Jessica Finch saludó con la mano.

—Estamos aquí.

—Primero estaba buscando una máquina de Supergarra —les dijo Judy y les contó lo de su racha de buena suerte. Extendió las manos. Cada dedo tenía un anillo de dinero. ¡Diez dólares = diez intentos de vencer a la Supergarra!

—Podría ganar diez toneladas de animales de peluche.

Rocky y Frank corrieron tras ella, buscando la máquina.

—No hay máquina de la Supergarra —dijo Rocky.

—Lástima.

Jessica Finch fue corriendo hacia ellos.

—¡Hola, Judy! ¿Puedes creer que me hicieron una fiesta de cumpleaños en el boliche? ¡Vamos, chicos! ¡El Reto de Boliche Extremo está por comenzar!

Los chicos volvieron corriendo.

—Hola, señor y señora Finch —dijo Judy.

—Hola, niña —dijo el señor Finch—.
Qué bueno que viniste.

—Me encanta tu pantalón de pijama
de pinos de boliche —dijo la señora Finch.

—¡Gracias! —dijo Judy.

De repente, las luces se atenuaron. De
los altavoces brotó música. Unas colori-
das luces de neón destellaron sobre los ca-
rriles del boliche.

—¡Inaudito! —dijo Judy.

Una voz salió del sistema de sonido.

—¡Es hora, hora del Boliche Extremo,
para la gente que gusta de derribar cosas!

Todos aclamaron.

—Como ya saben, cada jugador tiene
tres bolas. Y el objetivo es dar no uno, no
dos, sino tres *strikes* consecutivos.

—Guau —dijo Frank.

Un sujeto disfrazado de pino de boliche se acercó a su carril.

—Jessica Finch, Cumpleañera, ¿estás lista para el Reto Extremo? —gritó al micrófono.

—¡Sí! —gritó Jessica.

—¡Que comience el partido! —dijo el pino de boliche humano.

Otros jugadores se congregaron para mirar.

—¡Vamos, Jessica! —exclamaron todos.

Jessica Finch lanzó su primera bola por el carril.

—¡Bola bebé! —dijo el pino humano. Usaba nombres chistosos para referirse a las jugadas, como La Orejona y Ojos de Serpiente.

—Otro intento —dijo el hombre. Jessica lanzó su segunda bola.

—¡Polvareda! Lo siento. Le faltó fuerza. Jessica lanzó una tercera bola.

—Un *split* de 3-6-10. Es lo que llamamos Hiedra Venenosa. No está mal, pero no hay premio, lo siento.

Rocky fue el siguiente en probar.

—¿Lo logrará? —preguntó el pino de boliche humano. El primer tiro de Rocky derribó tres pinos. Su segundo tiro derribó cinco pinos. Al tercer intento de Rocky, el tipo exclamó:

—¡La Gran Comilona! Todos menos uno. Estuvo muy cerca.

Frank Pearl fue el siguiente en probar.

—Intento Número uno. ¡La Arrastrada! Intento Número Dos. ¡La Dormilona! Intento Número Tres. ¡La que Flota el en Foso! Eso significa bola en la canaleta, chicos. ¡Siguiente!

Por fin llegó el turno de Judy. Se acercó al carril. Frotó su centavo de la suerte. Frotó la bola de boliche. Entrecerró un ojo, echó el brazo hacia atrás, y tiró.

—Se ve bien, se ve bien, se ve... *¡STRIKE!*
—gritó el pino humano—. ¡Tenemos una ganadora! Pero ¿podrá hacerlo de nuevo?

Judy tiró una segunda bola.

—¡Doble! ¡Doble! ¡Súper *strike*! —gritó el tipo—. Esta chica está en una buena racha. ¿Podrá la chica con la camiseta ME COMÍ UN TIBURÓN hacer tres *strikes* seguidos? ¿O será una manzana podrida en la canaleta?

Judy lanzó su tercer tiro. La bola se fue hacia la izquierda. Se fue hacia la derecha. Tomó velocidad, enderezó su trayectoria, y *¡KABOOM!* Los diez pinos se derrumbaron como una casa de sobres de azúcar.

Todos se reunieron alrededor de Judy y enloquecieron.

—¡Tenemos una Pava! —exclamó el sujeto.

—¿Una pava? ¡Pero si tiré todos los pinos! —dijo Judy. El señor y la señora Finch rieron.

—¡Un Pavo significa tres *strikes* seguidos!

El pino de boliche humano tomó el brazo de Judy y se lo levantó en el aire, como una campeona de boxeo.

—¡¿Acaso esta chica no nos DERRIBÓ a todos, amigos?!

La multitud enloqueció. El pino humano bailó como un pavo.

—Gluglu, gluglu, gluglu —glugluteó el pino humano, y dio una voltereta lateral que parecía una rueda de pavo.

—Felicidades, Chica Tiburón. Estarás en el Muro de la Fama del Boliche.

—¡Guau! —dijo Jessica.

—¡Doble guau! —dijo Rocky.

—¡Triple guau! —dijo Frank.

—Eso fue asombroso —dijo la señora Finch.

—¡Varas luminosas para todos en la fiesta de la cumpleañera! —dijo el hombre.

—¡Y un pino de boliche inflable para la cumpleañera!

—Que traigan esos bocadillos de cumpleaños para acá. ¡Y no olviden el pastel!

Mientras comían bocadillos de macarrones con queso y pretzels, Jessica dijo:

—¿Judy? ¿Quieres firmar mi pino de boliche?

Judy autografió el pino de boliche.

—Vaya que tienes suerte —dijo Jessica.

—Nosotros solo logramos un Árbol de Navidad, una Hiedra Venenosa y un montón de bolas en la canaleta —dijo Frank. Digo, Polvo de Poodles. Digo, Polvaredas.

—¿Eh? —dijo Rocky.

—Nombres graciosos, como los que usa el tipo disfrazado de pino. La Hiedra Venenosa es un *split* de 3-6-10. Y el Árbol de Navidad es un *split* de 3-7-10.

—Todo se lo debo a mi centavo de la suerte —dijo Judy. Lo sacó y lo besó.

—*Suertuda* es tu segundo nombre —dijo Frank.

—Llámenme simplemente Judy "La Suertuda" Moody —dijo Judy.

El Planeta de la Suerte

El lunes por la mañana, en el receso bajo techo, Frank le preguntó a Judy:

—¿Crees que hoy te suceda algo de buena suerte en la escuela?

—Claro. ¿Por qué no? —dijo Judy.

—¿Cómo qué? —preguntó Rocky.

—Como… tal vez encuentre mi libro de la biblioteca que perdí, *La pista del relicario roto* de la serie de Nancy Drew, o tal vez Frank me devuelva mi Lápiz Gruñón.

—Ups —dijo Frank, y se puso a registrar su escritorio.

—O tal vez me elijan para llevarme a Cacahuate a casa este fin de semana. O tal vez el señor Todd cancele nuestro examen de deletreo.

—Sí, claro —dijo Rocky—. Lo único que lograría cancelar un examen de deletreo sería que cayera un rayo en la escuela, la incendiara, y todos tuviéramos que salir corriendo del edificio.

En ese instante, el señor Todd apagó y encendió las luces.

—Cálmense, chicos. Volvamos a trabajar. —El señor Todd se apoyó en su escritorio—. Hoy, en vez del examen de deletreo…

—¡Lo sabía! —exclamó Judy.

—Guau. ¡Sí que es tu día de suerte! —susurró Frank.

—¿Disculpen? —dijo el señor Todd—. ¿Tendré que sacar el Frasco de las Interrupciones otra vez?

—Lo siento —dijo Judy, pinchándose los labios.

—Como iba diciendo, hoy, en vez de examen, vamos a hacer un concurso de deletreo de práctica. Como todos ustedes saben, el concurso de deletreo de nuestra clase será la semana que viene. Al que gane le tocará participar, junto con los ganadores de las otras clases de tercer grado de la Escuela Virginia Dare, en el Gran Concurso de Deletreo de Tercer Grado a fin de mes.

—Todos saben que Jessica Finch es la MDM —dijo Judy.

—¿MDM? —dijo el señor Todd, arrugando la frente.

—Mejor Deletreadora del Mundo —dijo Judy.

—Nunca se sabe —dijo el señor Todd—. Si te esfuerzas lo suficiente, tal vez tú seas la afortunada deletreadora que represente a la clase 3T en Washington, D.C.

¡Washington, D.C.! ¿Donde vive el presidente, y donde está el Museo de Cosas de Doctores y la cabeza gigante de gigante que sale del suelo? ¿El mismísimo lugar donde a Stink le tocó visitar la Casa Blanca y a ella no?

Ella, Judy Moody, no podía creer lo que oían sus suertudas orejas. No pudo morderse la lengua para no interrumpir un segundo más.

Judy levantó la mano.

—Disculpe, señor Todd. ¿Usted dijo Washington, D.C.?

—Sí —dijo el señor Todd—. El Gran Concurso de Deletreo de Tercer Grado se celebrará en nuestra escuela hermana, la Primaria Orchard, en Washington, D.C.

—¿Usted sabía que ahí es donde está la Casa Blanca? —preguntó Judy.

—Estoy consciente de eso, sí —dijo el señor Todd, sonriente.

—Bueno, ¿y sabía que también tienen el Museo de Cosas de Doctores, con un hueso de verdad de Abraham Lincoln?

—Eso no lo sabía —dijo el señor Todd—. Muy interesante.

—Lo es —dijo Judy—. Tienen un pedazo de su cráneo. No miento.

—¡Ooh! ¡Guácala! —dijeron los demás chicos del grupo.

—¿Quién sabe? Tal vez puedas verlo —el señor Todd se puso de pie y se frotó las manos—. Muy bien, Clase 3 T. ¿Están listos para nuestro concurso de práctica? Todas las palabras son de las hojas de estudio con que han trabajado estas últimas semanas. Cuando diga sus nombres, por favor pasen adelante, y pónganse frente a la clase. Deletreen su palabra, y úsenla en una oración, por favor.

Judy Moody no podía concentrarse en el deletreo. Solo podía pensar en lo mucho que deseaba ir a Washington, D.C. ¡D.C. significaba Definitivamente *Cool*!

Si tan solo no tuviera que *deletrear* para llegar allá…

Entonces Judy lo recordó. ¿Cómo podía haberlo olvidado? Ella, Judy Moody, tenía su centavo de la suerte.

Frank deletreó *sarampi*ón con *Z*. Rocky deletreó *quesadilla*, pero se olvidó de la *LL* y dijo *Y*. Y Jessica "Bicho Raro" Finch deletreó *bonanza*. A la perfección. Con *Z* y todo.

Judy prefería tener sarampión que tener que deletrear *quesadilla* en una *bonanza* de deletreo.

Por fin, el señor Todd llamó a Judy. Ella echó un último vistazo a su hoja de estudio antes de levantarse. Sentía los pies como *cemento*. Su estómago dio una *voltereta*. Ojalá pudiera escribir las palabras en su mano, como *graffiti*.

Eso solo la llevaría a la oficina de la *directora*.

Judy se paró frente al grupo. Sus manos empezaron a sudar. Metió la mano en el

bolsillo y frotó su centavo de la suerte.

Por favor dame una palabra de buena suerte, pensó para sí. *Una palabra facilita de la página uno de las hojas de trabajo, como vaya o baya o valla.*

—Judy —dijo el señor Todd—. La palabra es *abreviar.*

¡Abreviar! Abreviar no era una palabra de buena suerte. *Abreviar* no era una palabra facilita de la página uno. ¡*Abreviar* no era *vaya* o *baya!* Judy sintió un nudo en la garganta. Su boca se secó como un desierto. Sintió espinas de cactus a lo largo de sus brazos.

Tal vez estaba sufriendo una *bonanza* de *sarampión*.

Miró a su alrededor en busca de ayuda. En el tablero de anuncios había varios carteles. Carteles sobre gramática, ortografía y... ¡Abreviaturas!

¡Santos macarrones! Sí era su día de suerte, después de todo. Solo necesitaba cambiar el final de la palabra.

Abreviar. ¡A-B-R-E-V-I-A-R! *Abreviar.* Judy suspiró.

—¿Puedes usarla en una oración? —preguntó el señor Todd.

—Me gustaría *abreviar* a la persona que inventó los concursos de deletreo —dijo Judy.

Todo el 3 T soltó una carcajada.

El señor Todd levantó la mirada al techo.

—Creo que tendremos que abreviar este concurso hasta mañana. —Se dio la vuelta para borrar el pizarrón—. No olviden llevarse a casa sus carpetas con las hojas de deletreo, chicos. Júntense con un compañero y practiquen, practiquen, practiquen. El concurso de deletreo de nuestra clase es en una semana.

—¡Guau, Judy! —dijo Frank en cuanto sonó el timbre final—. ¿Cómo supiste deletrear esa palabra tan difícil?

—Pura suerte —dijo Rocky—. Estaba ahí en el tablero de anuncios, ¿verdad, Judy? Vi que lo veías.

—¿De verdad? ¡No te vi verme viéndolo! —dijo Judy.

—Eres la persona con más suerte del planeta, o algo así —dijo Frank.

Judy ni siquiera dijo "o algo así". *Sí* que era la persona con más suerte de todos los tiempos. Ya nada podía detenerla.

—Adiós, señor Todd —dijo Judy de camino a la puerta—. Nos vemos en Washington, D.C.

—Sigue con esa actitud positiva, Judy. Siempre he dicho que puedes hacer cualquier cosa que te propongas. Hasta deletrear.

Judy esbozó una sonrisa secreta. El señor Todd no sabía que ella, Judy Moody, estaba en una racha de buena suerte. Y pensaba aprovechar esa racha hasta llegar a Washington, D.C.

El amuleto de la mala suerte

Una semana, dos compañeros de estudio (Rocky más Frank) y tres prácticas de deletreo habían pasado.

Judy Moody sacudió su Bola de Billar Mágica.

—¿Ganaré el concurso de deletreo de la clase?

Respuesta incierta.

¿Por fin podré ir a Washington, D.C.?

Vuelve a preguntar más tarde.

¡Rayos y más rayos!

—¿Judy? —dijo papá—. El concurso de tu clase es mañana, ¿no? ¿Estás al día con todas las palabras?

—*Vaya, baya, valla, haya, calla, falla, malla* —dijo Judy.

—Nos referimos a *después* de la página uno de tu carpeta de deletreo —dijo mamá.

¡Hola! Judy se llevó la mano al bolsillo y sacó su centavo de la suerte. Lo levantó para que mamá y papá lo vieran.

Mamá se acercó.

—Cariño, sé cuánto te gusta ese centavo de la suerte. Y está bien llevarlo contigo —por juego.

—Pero si de verdad quieres ganar un concurso de deletreo, tendrás que trabajar para lograrlo —dijo papá.

Mamá asintió.

—No vas a ganar el concurso de deletreo si solo cuentas con *un* centavo de la
suerte.

—De hecho… —comenzó a decir papá,
pero Judy no quiso oírlo. Subió las escaleras a pisotones para ir a estudiar antes
de que mamá y papá pudieran decir más
cosas malas sobre la buena suerte.

Sacó su lista de deletreo. Pasó a la página difícil. Como deletrear D-I-F-Í-C-I-L.

Destino. Cerró los ojos. Des + tino. D-E-S-T-I-N-O. Con *tino* sería su *destino* ir a Washington, D.C.

Hasta ahora, todo bien. Siguiente palabra. *Presente.* Volvió a cerrar los ojos. P-R-E-S-I-D-E-N-T-E. El *presidente* vivía en Washington, D.C. Si ella, Judy Moody, tenía bastante suerte y llegaba a ir a Washington, D.C., tal-vez-hasta-podría ver al *presidente* en persona.

Judy abrió los ojos y vio la palabra *presente-no-presidente*. Había practicado la palabra equivocada. No tenía caso.

Sacó un llavero de pata de conejo, de piel falsa y color rosa neón; tres bellotas, dos canicas de ojo de gato, y una piedra de la suerte. ¡Siete amuletos más!

Probablemente, su madre tenía razón.
Un centavo de la suerte *no* bastaba para
ganar un concurso de deletreo. Tendría
que llenar los bolsillos de sus pantalones
militares con un montón de amuletos.
¡Buena suerte multiplicada por siete!

Judy se fue a dormir segura de que la
buena suerte era su *destino* para el *presente*.

❧   ❧   ❧

Hasta… el día siguiente.

¡El día del concurso de deletreo!

En el autobús, Judy buscó en el bolsillo
derecho de sus shorts. ¡Vacío! De todos los

días en que pudo haberse quedado dormida… ¿Cómo pudo haber olvidado usar sus pantalones llenos de amuletos de la buena suerte? Había siete amuletos extra seguros, a prueba de todo, en los bolsillos de sus pantalones militares: en casa, debajo de su litera. Que no le daban buena suerte a nadie, excepto tal vez a Mouse la gata.

Buscó en su bolsillo izquierdo. ¡Fiu! Qué bueno que todavía tenía su centavo de la suerte. No todo estaba perdido.

—¡Chicos de tercero! —dijo el señor Todd cuando Judy llegó a la escuela—. ¿Están listos?

—¡Sí!

—¿Para qué están listos?

—¡Para el concurso de deletreo!

—Guarden sus carpetas de estudio y fórmense en fila al fondo del salón —dijo el señor Todd—. ¡Y que gane el mejor deletreador!

Judy guardó su carpeta de deletreo. Nunca pasó de las primeras palabras de la página díficil.

De pronto, no se sintió muy bien. Tenía una *vaya-baya valla-haya* urgencia de salir del salón.

—Señor Todd, ¿puedo ir al baño, por favor? —preguntó Judy.

—Rápido —dijo el señor Todd.

Judy caminó apresuradamente hasta el baño de niñas. Se sentó en el retrete. Tarareó "Estrellita, estrellita" para calmarse. Recitó "Tikki tikki tembo-no sa

rembo-chari bari ruchi-pip peri pembo",
de un cuento que su papá le leía sobre un
niño con un nombre muy largo.

Judy no supo cuántos minutos pasaron;
pero, si se quedaba más tiempo ahí, el señor Todd enviaría a alguien a buscarla.
En el camino de regreso al salón, metió
la mano a su bolsillo para frotar su centavo de la suerte.

¡Santos macarrones!

¡Su bolsillo izquierdo estaba vacío! ¡El
centavo de la suerte no estaba!

Judy volvió corriendo al baño de niñas.
Buscó alrededor del lavamanos. Buscó en
el piso. Buscó ya sabes dónde.

Ahí, en toda su cobriza gloria, estaba
su centavo de la suerte. *¡Dentro del retrete!*

La herradura, volteada de cabeza, parecía sonreírle.

Judy no tenía una regla. No tenía un lápiz gruñón. No tenía nada para sacar la moneda. ¡Ella, Judy Moody, metió la mano, su mano de verdad, en el retrete! ¡F-R-Í-O *frío*! ¡A-S-Q-U-E-R-O-S-O *asqueroso*! Guácala y doble guácala.

Sacó el centavo de la suerte.

Judy corrió hacia el lavamanos y lavó la moneda. Con jabón. ¡Doble fiu! Eso estuvo cerca.

De regreso en el salón del 3 T, el deletreatón estaba en su apogeo. Judy se coló en la fila.

A Jessica Finch le tocó la palabra *bambú*. ¡No era justo! Era demasiado fácil. A Rocky le tocó *furgón*. Doblemente fácil. A Frank le tocó *guafle*. ¡Su comida favorita!

Por fin llegó el turno de Judy. Su corazón latió más rápido. Cruzó los dedos y cerró los ojos. *Palabra fácil, palabra fácil*, deseó con su centavo de la suerte.

—La palabra es *chihuahua* —dijo el señor Todd.

¡Santo burrito!

Judy abrió los ojos. *¡Chi-gua-gua!* Era una palabra muy difícil. Una palabra difícil que no era *falla* ni *malla*. Una palabra que NO era de la página uno.

Trató de visualizar la palabra, pero los únicos perros que veía eran pugs. Ni un chihuahua. Tal vez si empezaba a deletrear, tendría suerte.

Judy carraspeó.

—C-H-I... —*Caray. ¿Qué seguía?*—. H-A-W-A-I. *Chihuahua.*

—Lo siento —dijo el señor Todd—. Incorrecto. Pero deletreaste *Hawai* muy bien.

¿Qué? Judy se quedó pasmada. Sus pies estaban clavados en el piso. Eso no podía estar pasando. ¿Judy quedó fuera, F-U-E-R-A, con la primera palabra?

—Gracias, Judy —dijo el señor Todd—. Puedes tomar asiento.

Judy se sentó. Se hundió en su silla. ¿Qué cosa la había hecho deletrear Hawai? ¿Acaso su centavo de la suerte se había vuelto absolutamente L-O-C-O?

Durante el resto del deletreatón, el salón fue un remolino de palabras: *Sirena. Bizcocho. Tornado.*

Pero Judy Moody parecía no escuchar. Ni ver. Ni notar nada.

Finalmente… Solo Jessica Finch quedó en pie. Qué cara de *yo no fui* esa modosa.

—¡Y la ganadora es Jessica Finch! —dijo el señor Todd—. Felicidades, Jessica. Representarás al Tercer Grado T en Washington, D.C.

Todos aplaudieron y vitorearon. Judy también aplaudió, aunque, por dentro, no aplaudía.

¡Qué mala suerte! Ella, Judy Moody, no iría a Washington, D.C. Su oportunidad de visitar el Distrito de lo *Cool* acababa de irse por el retrete. Por el *retrete*.

¡Retrete! ¡Por supuesto! Su centavo de la suerte. Debía haberse descompuesto cuando cayó en el retrete. El retrete había arruinado su magia, echándole la mala suerte. Judy sacó la moneda de su bolsillo. La herradura sonriente, vuelta hacia abajo, era ahora una mueca de desagrado. ¡GRRR!

Adiós, centavo de la suerte. Hola, amuleto de la mala suerte.

Asco de suerte

En cuanto llegó a casa, Judy buscó un lugar para esconder su apestoso centavo de la mala suerte. Recorrió la casa. ¿Dónde, dónde? ¡El cuarto de Chinche! A Stink le gustaban las cosas apestosas, y no le daban miedo los piojos.

Judy miró a su alrededor. Bajo la almohada de Stink. ¡Perfecto! Adiós, mala suerte.

Caray. Ahora Judy NO tenía suerte en absoluto. Si quería mantener su racha de buena suerte, necesitaba un nuevo amuleto que no apestara.

Judy tomó la lupa de su juego de detective. Salió corriendo al patio. A gatas, examinó de cerca el césped, en busca de un trébol de cuatro hojas, durante un tiempo que le pareció una hora. O más.

De repente, Stink salió al patio dando un portazo.

—¿Qué haces? —preguntó Stink.

—Algo —dijo Judy sin levantar la mirada.

—¿Pero cuál algo? —preguntó Stink, que ya tenía la nariz contra el césped.

—Estoy buscando buena suerte —dijo Judy, aún sin levantar la mirada.

—Yo acabo de tener algo de buena suerte ahora mismo —dijo Stink. Hizo una bomba de chicle y la reventó—. Encontré en mi escritorio tres piezas enteras de chicle Yubba Dubba, el de los Picapiedras, que ni siquiera sabía que tenía. Qué suerte, ¿no? El papel de buena fortuna que había dentro dice *Pronto harás un viaje.*

Judy levantó la mirada. ¡Un viaje! ¿A Washington, D.C.? Ojalá a *ella* le hubiera

tocado ese papelito de la fortuna. Pero no tuvo esa suerte. Volvió a su búsqueda.

—¿Eso es pasto de la suerte o algo así? —preguntó Stink.

—Stink, estoy buscando un trébol de cuatro hojas de la buena suerte.

Hasta ahora había encontrado una piedra, tres dientes de león y unos mil-tréboles-de-tres-hojas-que-no-dan-suerte. Ni uno solo de cuatro hojas.

Ni siquiera una mariquita de la suerte.

—¿Sabías que las probabilidades de encontrar un trébol de cuatro hojas son como de diez mil a una? O sea que tienes que buscar entre nueve-mil-novecientos-noventa-y-nueve-tréboles de tres hojas para encontrar uno.

—Muchas gracias —dijo Judy.

—Un tipo en Alaska encontró 111,060 tréboles de cuatro hojas.

—Tal vez debería mudarme a Alaska —dijo Judy.

En ese momento, algo se posó en el brazo de Stink.

—¡Mira, una mariquita! —dijo Stink—. ¿No dan buena suerte?

Judy se levantó.

—Así es mi suerte. ¡Una mariquita se posa sobre *ti*!

—¡Genial! Me han pasado *tres* cosas de buena suerte desde que llegué de la escuela —dijo Stink—. Encontré ese chicle que no sabía que tenía. Y ahora esta mariquita se posó sobre mí.

—Son dos cosas. ¿Cuál es la tercera?

—La tercera cosa en realidad fue la primera, que debe ser la razón por la que ocurrieron la segunda y la tercera.

—¿Es un acertijo? —preguntó Judy.

—Mira lo que encontré bajo mi almohada. —Stink sacó el centavo de la suerte—. ¡Y eso que no se me cayó un diente! Ahora es *mi* centavo de la suerte. Esa es la tercera cosa, que en realidad fue la primera.

Caray. Tal vez Judy se había apresurado demasiado en deshacerse de la moneda.

—Está bien. Pero solo para que lo sepas... ahora es un centavo de la *mala* suerte.

—¡Claro que no! —Stink lo sostuvo frente a su cara y le plantó un beso—. ¡Mío, mío, mío!

—¡QUÉ ASCO! —gritó Judy, con una mueca de repugnancia.

—¿Qué?

—Oh, nada —dijo Judy.

Stink miró la moneda con sospecha.

—Dime.

—Es solo que... el centavo tiene piojos.

—Solo lo dices porque sí.

—Stink, ¿quieres saber *por qué* ahora es un centavo de la mala suerte que tiene piojos? Porque algo le pasó que cambió la suerte de buena a mala.

—¿Qué?

—Hizo *plop*. Se echó un clavado. Wuuuu... ¡PSSH! —Judy imitó un clavado con la mano.

—¿Qué?

—El retrete, Stink. ¡Se me cayó en el *retrete!*

—¡QUÉ ASCO! ¡Guácala, guácala, cuácala, guácala, GUÁCALA! —Stink soltó la moneda, que voló por los aires y cayó sobre el césped. Judy se fijó en dónde cayó.

—Adiós, piojos —dijo Stink—. Puedes quedarte tú sola en ese club del papel higiénico. El Club del Centavo de Retrete.

—Ja, ja, muy gracioso, Stink —dijo Judy.

Stink entró corriendo a la casa. Judy se arrastró sobre el césped y recogió el centavo, sonriendo como si acabara de arrancar un trébol de cuatro hojas.

Ella NO besó la moneda. La guardó en su bolsillo.

En ese momento, mamá la llamó:

—Judy, ¿puedes venir a la casa un segundo?

Judy fue corriendo a la cocina. Papá estaba de pie ante el fregadero, lavando los
platos. Stink estaba comiendo maíz con-
gelado guardado en una bolsa térmica.

—¿Qué pasa?

—Acaba de llamar la señora Finch. Ya
sabes, la mamá de Jessica.

—Ajá.

—¿Sabes que Jessica irá al D.C., al Distrito de Columbia, el Distrito Capital para
el concurso de deletreo de tercer grado?

—Ajá.

—¿Y sabes que acaban de regalarle un
cerdito barrigón por su cumpleaños?

—Ajá. PeeGee WeeGee.

—Bueno, pues Jessica quiere saber si puedes cuidar a PeeGee WeeGee mientras ella está en el concurso de deletreo.

Jessica Finch, Súper Deletreadora, iba a ir a Washington, D.C., el Distrito Cerdito. Y ella, Judy Moody, se quedaría atrapada en el desafortunado Lago Pescuezo de Rana, Frog Neck Lake, Virginia, como gran niñera de cerditos. ¡Oinc!

Este cerdito se fue a D.C. Este cerdito se quedó en casa... Este cerdito hizo grrr, grrr, grr durante todo el camino a casa.

—No lo sé —dijo Judy.

Papá se limpió las manos con la toalla.

—Mamá y yo pensábamos que ibas a saltar sobre la oportunidad de ir a Washington, D.C.

—¿Washington qué? ¿Quién? ¿Yo? —preguntó Judy, mirando a mamá y luego a papá.

Mamá rio.

—Jessica no quiere dejar a su cerdito aquí, porque acaban de regalárselo y todo lo demás, así que encontraron a un hotel que acepta mascotas. Y se llevan a PeeGee.

—Pero necesitarán una niñera de cerdito mientras estén en el concurso. Así que mamá y yo pensamos que podíamos llevarlos a ti y a Stink un día antes, y pasear un poco primero —dijo papá.

—¡¿En serio?!

¡Santos disparates! Judy Moody no podía creer lo que oían las orejitas suyas de cerdita.

—¿Entonces, la predicción de mi chicle se hizo realidad? —Stink dio saltitos sobre las puntas de sus pies—. ¡*Sí* voy a viajar pronto!

Qué chicle ni qué nada. Esto solo podía significar una cosa: ¡El centavo de la suerte de Judy todavía traía suerte! Qué bueno que lo rescató de Stink.

Los Moody irían al Distrito (no) Cerdito.

—Entonces... ¿Qué te parece? —preguntó mamá—. ¿Qué le digo a la señora Finch?

—¡Dile que dije: Judy Moody, Niñera de cerdito, a la orden!

El Distrito de lo Cool

¡De viaje! Los Moody estaban en camino a Washington, D.C. ¡Doblemente *cool*!

En el auto, Judy apenas podía estar quieta. ¡En casi exactamente una hora y veintisiete minutos, estaría en el Distrito *Cool*!

Solo que tardaron como cuatro horas, por culpa de Stink.

1) Tuvieron que parar para que fuera al baño.

2) Tuvieron que parar para que comprara chicle Yubba Dubba, el de los Picapiedras.

3) Vio una estatua gigante de una cabeza de gigante que salía del suelo y ¡*Pop!*, la cara y el cabello se le llenaron de chicle.

4) Tuvieron que parar para quitarle el chicle.

Cuando por fin llegaron, Judy tuvo que despertarlo.

—¡Stink! ¡Ya llegamos! ¡El Distrito de Ciudad *Cool*!

Papá estacionó el auto y caminaron a lo largo del National Mall, que no era para nada un centro comercial, sino un parque con un largo espejo de agua y un montón de lugares famosos. Judy vio la elegante Casa Blanca donde vivía el Gran Jefe de

Todo el País, también conocido como el presi, además de la primera dama y los primeros niños y el primer perro.

¡Da-da-da Domo! Judy vio un Gran Edificio Importante con un domo, donde Grandes Personas Importantes decidían Grandes Leyes Importantes.

Judy vio una especie de pilar altísimo y delgadito con una punta piramidal, llamada el Monumento a Washington. ¡Mamá dijo que ese obelisco tenía casi la misma altura que la Torre Eiffel!

Se le saltaron los ojos cuando vio la auténtica estatua de Abraham Lincoln, llamada Memorial de Lincoln, exactamente como en la cara posterior de un centavo no de la suerte. ¡FUERA DE LOTE!

—Apuesto a que James Madison, el mejor presidente de todos los tiempos, estuvo de pie aquí mismo —dijo Stink—. James Madison puede haber escupido en esta acera. James Madison puede haberse comido un perro caliente sentado en este banco.

—Todavía no habían inventado los perro calientes —dijo Judy.

—¿Cómo lo sabes? —dijo Stink.

—Sé que tienes a James Madison metido en el cerebro —dijo Judy.

Papá miró su reloj.

—¿Quién quiere ir al museo?

—¿Es un museo de los aburridos?

—Nada aburrido —dijo mamá, y señaló un montón de museos que eran parte del Smithsonian.

—¡Guau! Miren eso —dijo Stink, corriendo por la acera—. ¡Un castillo!

—Empecemos por ahí —dijo papá.

—¿Qué tienen en ese museo nada aburrido? —preguntó Judy.

—El Diamante Hope —dijo mamá.

—El sombrero de copa de Lincoln —dijo papá.

—¡Tienen cabezas encogidas y caca de dinosaurio! —dijo Stink.

—Claro que no —dijo Judy.

—Claro que sí. No miento —dijo Stink—. Lo vi cuando vine aquí con mi clase. Además tienen tres mil caracoles de mar, cincuenta mil moscas y ciento quince mil huevos de aves.

—¡Allá SÍ vamos! —dijo Judy.

☙ ☙ ☙

Esto es lo que ella, Judy Moody, vio muy-
de-cerca-y-personalmente-ella-misma en
el museo demasiado-para-nada-aburrido:

- Botas de astronauta
- Bolsas para vomitar
- Un ladrillo de la Gran Muralla China
- Cangrejos ladrones (¡Roban tenedores y
  cucharas! ¡Verdad verdadita!)
- Siete millones de escarabajos, incluido el
  escarabajo tigre de las playas del Noreste en
  peligro de extinción
- Un millón de muestras de tierra
- Caca de pereza de diez mil años de antigüedad
- Un mechón de cabello de George Washington
  (y mechones de otros trece presidentes)
- Un paquete de chicle viejísimo

TIERRA

BOLSA PARA VOMITAR

1965

1970

CHICLE

CHICLE

۞   ۞   ۞

Después del museo, fueron a la tienda de recuerdos.

Judy usó su dinero de la caja de Curitas Locas para comprar helado deshidratado (como el de los astronautas) y un libro sobre cosas que hacer con cinta adhesiva de plomo.

MUÑECO CABEZÓN DE JAMES MADISON

AGOTADO

Stink ya tenía la regla de quince centímetros de James Madison, la mini estatua de James Madison, y la moneda de la amistad de James Madison. Se habían agotado los muñecos cabezones de James Madison, así que compró uno de Abraham Lincoln.

—Abraham Lincoln es mi segundo presidente favorito —dijo Stink mientras caminaban de regreso al auto—. ¿Viste? En la base dice "Eman-ci-patata".

—¿Patata? Déjame ver —dijo Judy. Leyó la palabra de la base.

—E-M-A-N-C-I-P-A-C-I-Ó-N. ¿Qué es *emancipación*? —preguntó Judy a mamá y papá.

—Significa liberación.

—¿Lincoln liberó papas? —preguntó Stink.

Mamá rio.

—No, Lincoln es famoso por haber escrito un documento llamado Proclama de Emancipación.

—Ese documento decía que los escla-
vos debían ser libres —añadió papá.

—Todos saben eso —dijo Stink.

—Hablando de Abraham Lincoln —dijo Judy—, ¿tendremos tiempo de ir al Museo de Cosas de Doctores? Ahí tienen el
cráneo de Abraham Lincoln. No miento.

—Lo siento, Frijolito —dijo papá—.
Mamá ya revisó. El Museo Nacional de
Salud y Medicina tiene una falla eléctrica.
Hoy está cerrado.

—Rayos —dijo Judy.

—¿Qué hay de la Silla Casi Más Grande
del Mundo? —preguntó Stink—. No pude
verla la última vez. ¿Podemos ir? ¿Podemos? ¿Podemos?

—Claro —dijo papá.

—No es justo. Stink hace lo suyo y lo mío está cerrado. Eso apesta.

—Les diré una cosa —dijo mamá, revisando su mapa—. Podemos pasar por la silla de camino a la casa de Frederick Douglass en Cedar Hill.

—¡Frederick Douglass! El señor Todd nos contó todo sobre él en el Mes de la Historia Negra.

—¿Quién es Frederick Douglass? —preguntó Stink.

—Fue un gran pensador y orador estadounidense —dijo papá.

—Estuvo esclavizado, y escapó y luchó por la libertad —dijo mamá.

—Le explicó al presidente Lincoln que estar esclavizado era muy, muy malo

—dijo Judy—. Y dijo que todos debían tener derecho a votar. Hasta tuvo una pelea
con Lincoln por eso. Pero eso fue hace como ochenta y siete millones de años.

—Creo que el señor Todd estaría orgu-
llos de ti —dijo papá.

—¡Y ahora podré contarle que vi su
casa!

❧   ❧   ❧

La Silla Casi Más Grande del Mundo
estaba sobre la acera frente a un estacio-
namiento.

—¿Me puedo montar encima? —preguntó Stink.

—Adelante —dijo Judy—. ¡Si quieres
que te den la Penitencia Más Grande del
Mundo!

Siguiente parada: Cedar Hill. Cuando llegaron a la casa de Frederick Douglass, había una valla de plástico naranja y una cinta amarilla que decía NO PASAR.

—Está en restauración —dijo mamá.

—Ay, ¿esto también está cerrado? —preguntó Judy—. ¡Rayos! Debió haber frotado su centavo de la suerte.

Un cuidador salió y dijo que estaban reparando la casa, y que todas las cosas estaban guardadas. Pero podían hacer un tour por la parte de afuera.

¡Aburrido! Judy y Stink se sentaron en un banco, desanimados, mientras mamá y papá caminaban alrededor, y se leían el uno al otro los blablás de sus guías.

El folleto tenía muchas imágenes.

—Oye, Stink, te voy a hacer el tour —dijo Judy—. Esto es un dormitorio elegante. Esto es una sala elegante donde jugaba damas. Esta es la no tan elegante cocina.

Stink miró las fotos satinadas.

—Oye, espera. ¿Qué es esto? —Judy vio la foto de una casita de piedra con chimenea—. ¡Stink! ¡Sígueme!

Judy guió a Stink a una casita de piedra en el terreno de atrás. Dentro había un escritorio alto con un taburete.

—¿Qué es? —Preguntó Stink mientras entraban a la casa.

—Se llama la Gruñería —dijo Judy—. Aquí es donde Frederick Douglass venía a gruñir cuando estaba de mal humor.

—No. En serio, dime qué es.

—En serio, Stink. No miento. Aquí lo dice. —Judy señaló la leyenda de la foto—. Tenía una casa para su mal humor.

—Una casa del mal humor. ¡GRRRRRRR! —Stink rugió como un león.

—¡GROARRRRRRR! —dijo Judy.

Mamá y papá se asomaron a ver el interior de la Gruñería.

—¡Es una casa para malos humores!
—dijo Judy.

—Ya veo —dijo papá.

—Ya oigo —dijo mamá.

—Deberíamos mudarla a nuestra casa.
¡Para Judy! —dijo Stink, y soltó una carcajada.

—Hora de irnos, chicos —dijo papá—.
Tenemos que cenar con los Finch para que
le digan a Judy cómo cuidar a PeeGee.
Luego iremos a nuestro hotel.

—¿No podemos quedarnos un rato
más? —preguntó Stink.

—¿Por favorcito con helado de astronauta encima? —dijo Judy.

—Cinco minutos —dijo mamá.

Ella, Judy Moody, seguía siendo la niña más suertuda del mundo. ¿A cuántos chicos les tocaba ir al Distrito de lo *Cool* y ver una cabeza de gigante gigante, cangrejos ladrones y una bola de caca de diez mil años. Y deshacerse a gritos en una casa de Malos Humores? ¡Todo en un solo día! ¡Washington era divertido!

El Patatús de Finch
Cara de Yo-no-fui

¡Hora de la cena! Los Moody esperaban a Jessica Finch y su familia en el Palacio de la Brocheta.

Stink le mostró el menú a Judy.

—Aquí todo viene en brocheta. Brochetas de perro caliente. Brochetas de verduras empanizadas. Hasta brochetas de fruta.

Judy estaba construyendo el Monumento de Washington con sobres de azúcar.

—Stink, no sacudas la... ¡Derrumbe! —dijo Judy mientras los sobres de azúcar caían uno sobre otro.

Por fin llegaron los Finch. Judy y Stink no podían dejar de hablar de lo divertido que era Washington. Le contaron a Jessica sobre la Casa del Mal Humor y la silla gigante y la caca viejísima.

Judy miró a su alrededor.

—Oye, ¿dónde está tu cerdito?

—PeeGee WeeGee está en el auto —dijo Jessica.

—Estará bien en su caja mientras comemos —dijo el señor Finch.

Después de ordenar, mamá dijo:

—Así que mañana es el gran concurso de deletreo, Jessica. ¿Cómo te sientes?

—Mi estómago está haciendo gimnasia —dijo Jessica—. Como si estuviera compitiendo en las olimpiadas.

—Nada que una brocheta de queso fundido no pueda arreglar —dijo la señora Finch.

—Yo nunca podría deletrear ante un millón de personas —dijo Judy—. Ni siquiera con mi centavo de la suerte.

Jessica Finch sacó su lista de palabras para deletrear.

—Tengo que seguir estudiando. Solo faltan diecisiete horas y treinta y tres minutos para el concurso.

—Oye, ¿quieres que te pregunte yo? —dijo Judy—. Puedo ser tu compañera de estudio.

—Gran idea, chicas —dijo mamá.

Jessica deletreó *vecino* y *cierre* y *caimán*. Deletreó *biblioteca* y *geografía*.

—Deletrea *champú banana* —dijo Stink.

—C-H-A-M-P-Ú B-A-N-A-N-A —dijo Jessica.

—Claro —dijo Judy—, pero ¿puedes deletrear *vayabayavallahayacallafallamalla*?

—Eso es como la mitad de las palabras de la página uno —dijo Jessica.

—Apuesto a que puedes, Garbancito —dijo el señor Finch.

Jessica respiró profundo.

—V-A-Y-A-B-A-Y-A-V-A-L-L-A-H-A-Y-A-C-A-L-L-A-F-A-L-L-A-M-A-L-L-A.

—Como tu compañera de estudio —dijo Judy—, permíteme decir que ganarás.

—Hemos oído que la Primaria Orchard tiene un chico llamado Sanjay Sharma que es muy bueno. Tal vez sea difícil vencerlo —dijo el señor Finch.

—Sí, pero ¿puede deletrear la mitad de las palabras de la página uno a la velocidad de la luz, sin respirar? —dijo Judy.

—Gracias —dijo Jessica.

En la barra de ensaladas, Jessica deletreó *champiñón, sandía, alcachofa* y *coliflor*.

—¡Hasta la ensalada viene en brocheta! —dijo Jessica, y mostró su plato.

—¡Jessica puede deletrear toda la barra de ensaladas! —dijo Judy.

—Esas son palabras de la página tres —dijo Jessica—. La que me cuesta trabajo es la página cuatro. Como *antigüedad*. Siempre la deletreo "hantigüedad".

—Esas son como palabras de cuarto grado —dijo Judy.

Cuando llegaron los platos principales, Stink dijo:

—Hasta las verduras saben bien en brocheta.

—Stink comería *camello* en brocheta —dijo Judy—. Oye, Jessica, ¿puedes deletrear CABEZA DE BROCHETA?

Justo en ese momento, Judy dejó caer su brocheta de mini albóndigas. Cayó ¡SPLAT! de platanazo en su regazo. En su regazo no estaba una servilleta, sino... ¡la lista de deletreo de Jessica! La página cuatro. Judy limpió la lista de deletreo con su servilleta.

¡Caray! Ahora la página cuatro tenía una enorme mancha de albóndiga que no quería desaparecer. Judy regresó a la página uno. Qué bueno que ya habían terminado de estudiar. Deslizó la lista sobre la mesa hacia el plato de Jessica.

❧   ❧   ❧

Cuando llegaron al hotel, mamá y papá registraron a la familia. Estaban detrás de un hombre que tenía una iguana llamada

Iggy. En el vestíbulo, un niño con una chinchilla con correa pasó junto a ellos.

—¡Este es el hotel más genial de todos los tiempos! —dijo Judy.

—Mira el ascensor de vidrio —dijo Stink, y lo señaló.

—Es como la Torre Eiffel.

—Es como *Charlie y el Gran Ascensor de Vidrio* —dijo Stink—. Tal vez podamos subir con Oompa-Loompas.

—Traten de conseguir un cuarto en el séptimo piso —dijo Judy a sus padres.

—¡Es donde está nuestro cuarto! —dijo Jessica.

—El siete es de buena suerte —dijo Judy—. ¡Tal vez significa que vas a ganar el concurso de deletreo!

—Ah, sí. No olvides que necesito mi lista de deletreo —dijo Jessica.

—¿Lista de deletreo? —dijo Judy—. Yo no tengo tu lista. Pensaba que *tú* tenías tu lista.

—No tengo mi lista. Pensaba que tú tenías mi lista.

Judy negó con la cabeza.

—Empezamos a comer. Ya habíamos terminado de deletrear. Así que te la devolví. —Una punzada de culpa hizo que Judy se sonrojara. No mencionó el Incidente de la Mancha de Albóndiga. Pero por eso sabía que había devuelto la lista. Recordaba haber limpiado la mancha, cerrado la lista y habérsela dado a Jessica.

—¿Qué voy a hacer? —gimió Jessica.

—¿Judy? ¿Eso es cierto? —preguntó mamá.

—¿Olvidaste la lista de Jessica en el restaurante? —preguntó la señora Finch.

—No la olvidé —dijo Judy—. Se la devolví. *Ella* la olvidó.

Cara de Yo-no-fui Finch miró a Judy con sus ojillos malucos.

—Eres un conjuro de mala suerte, Judy Moody. Si no quieres que gane, solo dilo —dijo Jessica, sorbiendo la nariz.

—¡Mamá! —dijo Judy—. Eso no es verdad. ¡En serio!

—No se preocupen —dijo mamá—. Llamemos al restaurante para ver si alguien encontró la lista.

—Pero ¿qué tal si... quiero decir... —Jessica estaba empezando a sollozar— qué tal si la tiraron a la B-A-S-U-R-A?

El señor Finch llamó al Palacio de la Brocheta. El señor Finch dijo: "Ajá, ajá".

—Buenas noticias. ¡Estamos de suerte! La mesera encontró la lista en nuestra mesa. La tienen en la caja.

—Mañana Jessica tiene un día cargado —dijo papá—. Judy y yo iremos por la lista. Nos dará mucho gusto ayudar, ¿verdad, Judy?

Judy asintió a medias. La Yo-no-fui de Finch sí que sabía cómo ponerse a llorar y hacer que todos creyeran que Judy había hecho eso a propósito. No era nada justo, no señor.

¡GRRR! ¿Dónde estaba la Casa de los Gruñidos cuando se necesitaba?

Y justo cuando había empezado a pensar que Jessica como que NO era una Yo-no-fui. Tenía ganas de darle a la Jessica Finch esa un Champú de Banana.

Cuando Judy y papá volvieron del Palacio de la Brocheta con la lista de deletreo, mamá dijo:

—Cariño, llévasela a Jessica. Están al otro lado del pasillo, en el cuarto 711.

Ese plan tenía exactamente tres fallas:

1) Judy todavía quería peinarle el pelo con pulpa de banana a Yo-no-fui Finch.

2) Todavía estaba esa enorme mancha grasosa de albóndiga en el centro de la página cuatro.

3) A Jessica Alias Patatús se le iban a volar los tapones cuando viera la mancha.

—Mamá, puede que se me haya caído una albóndiga sobre la página cuatro. ¿Crees que se dé cuenta?

—Déjame ver —dijo Stink, y miró la lista—. Oh, sí que se dará cuenta. Se ve como si hubiera estado en el *Titanic*... *después* de que se hundió.

—Stink, no estás ayudando —dijo papá.

Judy arrancó la lista de la mano de Stink. Atravesó el pasillo dando pisotones. Se paró ante la puerta y frotó su centavo de la suerte. *No te enojes. No te enojes.* Tal vez tendría suerte y Jessica no la vería.

Judy tocó la puerta.

—¡Servicio al cuarto! —exclamó.

Jessica abrió la puerta. El señor y la señora Finch estaban viendo la televisión. PeeGee WeeGee estaba dormido en la cama de Jessica.

—Aquí está tu lista —dijo Judy, y entregó la lista. La lista estaba arrugada. La lista estaba hecha bola. La lista lucía como si hubiera sobrevivido a un tsunami de comida.

Jessica empezó a pasar las páginas. Vaya suerte.

—Tal vez se me cayó un alguito en la página cuatro —dijo Judy, bruscamente.

113

—¿Un *alguito*? —gimió Jessica—. No puedo leer la mitad de las palabras. ¿Qué tal si la palabra ganadora está bajo este borrón? Puedo perder todo el concurso por eso. Lo cual significa que toda nuestra clase puede perder. Nuestra escuela entera puede perder.

—VAYA BAYA VALLA HAYA CALLA FALLA MALLA que lo lamento.

—¿Por qué tienes que arruinar todo a lo Judy Moody? —dijo Jessica con un suspiro.

—No lo hice a propósito —dijo Judy en voz baja.

Jessica cruzó los brazos. Hundió el pie en la alfombra.

Judy sentía las orejas calientes. Sentía la boca como arena.

—Está bien. No me creas —dijo con un hilo de voz—. Voy a emanciparme de ti si eso te hace feliz.

—¿Qué?

—Emancipar. Significa *liberar*. Ahora soy libre. Libre de ser tu compañera de estudio. Y tú también eres libre. Libre de mi mala suerte.

Jessica se quedó boquiabierta.

—¿Qué estás diciendo? No lo entiendo.

—Entonces déjame deletrearlo. E-M-A-N-C-I-P-A-R —Judy cruzó el pasillo a zancadas—. ¿Quieres que lo use en una oración?

Judy Moody, niñera de cerdito

La mañana siguiente, Judy miró por el ojo de la cerradura de la puerta que daba al pasillo del hotel. Lo único que podía ver era nada. Lo único que podía oír era el portazo de la noche anterior después de que se enojó con Jessica.

Judy se sentó en el borde de la cama plegable. Ella, Judy Moody, era una pésima compañera de estudio. Y ahora Jessica pensaría que también era una pésima niñera de cerditos. Enredó y retorció su cabello hasta formar un gran nudo. Ay.

¡*Toc, toc!*

Se levantó de un salto, y corrió a la puerta.

Jessica Finch. ¡Y un cerdito barrigón sujeto con una correa!

Judy olvidó que seguía enojada.

—¡PeeGee WeeGee! —dijo, y abrió la puerta de par en par. Judy se agachó para rascarle las orejas al cerdo. PeeGee Wee-Gee olisqueó la alfombra y dio vueltas en círculo.

—Al menos alguien está feliz de verme.

Jessica vestía una falda rosada y una blusa que tenía la imagen de un cerdo, y decía ESTOY CON ÉL.

—Sé que quieres *emanciparte* de mí y todo lo demás —dijo Jessica—, pero aun necesito que cuides a mi cerdo.

—Pensé que *tú* también querías emanciparte de *mí* —dijo Judy.

—Sí quería. Sí quiero. Pero hiciste una promesa porcina —dijo Jessica—. Además, no puedo llevar un cerdo, un *pig,* a un concurso de deletreo, un *spelling bee,* porque *pig* + *bee* = *pee,* es decir, "pis", "orine".

Jessica resopló y rio como una hiena.

Judy había deseado participar ella en el concurso de deletreo. Pero ahora estaba feliz de ser una niñera de cerditos.

—Vamos, PeeGee WeeGee —dijo Judy, y tomó la correa. Vamos a divertirnos mucho más que en cualquier anticuado concurso de deletreo, ¿verdad?

PeeGee WeeGee olisqueó su cabello despeinado.

Stink se acercó a la puerta. Rascó el cerdito bajo las orejas.

—¿Te acuerdas de mi?

—Lo llamo P.G. para abreviar. ¡Esperen! —dijo Jessica y fue corriendo a su cuarto, y regresó cargando un montón de cosas de cerdo—. Aquí está su tazón de agua. Asegúrense de que tenga agua fresca en todo momento.

—Anotado —dijo Judy.

—Aquí está su bola de ejercicio. Salen croquetas para cerdo, por si le da hambre. Olvidé a Binky, su animal de peluche favorito. Pero aquí está su manta favorita.

—Anotado —dijo Judy.

—También le gusta esta almohada —le entregó a Judy una funda de almohada

llena de frijoles. —Se acurruca sobre ella. Ah, y este es su champú especial por si quieres darle un baño.

—¿Tiene una canción favorita, como "Encima del espagueti / Cubierto de queso / Perdí a mi albondiguita / Cuando alguien estornudó"? —bromeó Judy.

—¡Ups! Casi se me olvida —Jessica salió corriendo y regresó agitando una hoja de papel de cuaderno—. Su canción favorita es "Este cerdito". Te la anoté.

Judy miró a Stink, y le hizo la seña de que tenía un tornillo flojo.

El señor y la señora Finch salieron de su cuarto al otro lado del pasillo.

—Hora de irnos, cariño —dijo la señora Finch—. El concurso de deletreo empieza en una hora. Judy, ¿Stink y tú tienen todo lo necesario?

Judy asintió.

—Soy buena con los cerdos —dijo.

—Solo haz tu mejor esfuerzo hoy —le dijo mamá a Jessica—. Te irá de maravilla.

—El Tercer Grado T estará orgulloso —dijo papá.

—Gracias —dijo Jessica—. Deséenme suerte.

—Rómpete una pierna —dijo Stink.

—¡Espero que no! —dijo Jessica.

—Bueno, entonces rómpete la colita de cochino —dijo Judy, y rio de su propio chiste.

Jessica se inclinó para darle un último abrazo a P.G.

—No dejen que P.G. coma dulces —dijo por encima de su hombro.

—¡Salúdame al señor Todd! —respondió Judy.

—Ah, y la televisión como que lo pone mal —añadió Jessica—, a menos que sea la película *Babe, el cerdito pastor de ovejas*.

—No te preocupes por P.G. —dijo mamá—. Los chicos lo cuidarán bien.

En cuanto Jessica y sus padres se fueron, Judy alzó las manos en el aire y gritó:

—¡Hagamos una fiesta de cerdito!

—Chicos —dijo papá—. Que P.G. se quede aquí dentro. Mamá y yo estaremos afuera, en la terraza, si nos necesitan.

PeeGee WeeGee estaba parado en una esquina, temblando.

—¿Qué le pasa? —preguntó Stink.

—Creo que está asustado —dijo Judy.

P.G. alzó una ceja y gruñó. De pronto, Judy percibió un olor terrible.

—¡Chinche, apestas! —dijo Judy.

—No fui yo —respondió Stink—. Fue el cerdo. Leí en la enciclopedia que los cerdos pueden soltar un olor espantoso cuando están asustados.

Judy abrió una ventana.

—Deberíamos llamarlo Fo en vez de P.G. —dijo Judy.

Judy y Stink se sentaron en el suelo, frente a frente, y rodaron la bola de ejercicio entre ellos. Al cabo de unos minutos, P.G. se calmó y dejó de temblar.

—Ahora intenta pasarle la bola, Stink.

P.G. alzó las orejas. Persiguió la bola. La bola rodó bajo la cama.

P.G. se lanzó tras ella y salió por el otro lado.

—Buen chico, P.G. —dijo Judy. Recogió la bola y la sacudió—. Se supone que deben salir croquetas para que se las coma.

—¿Crees que tenga hambre? —preguntó Stink.

—Los cerdos siempre tienen hambre.

Stink comía papitas de una bolsa. P.G. enloqueció, y se puso a correr.

—¡Stink! No puede comer dulces. ¡Guarda eso! Lo estás volviendo loco.

—No es dulce. Son papitas.

—Lo que sea. El ruido de la bolsa está enloqueciéndolo.

—Quiere algo de tu maleta —dijo Stink. P.G. tenía la media larga de lunares de Judy en la boca.

—¡P.G.! ¡Devuelve eso! —dijo Judy—. Eres todo nariz, ¿lo sabías?

—Mira —dijo Stink—. ¡Está tratando de abrir la neverita!

Judy descolgó el teléfono, y presionó una tecla.

—¿Servicio al cuarto? —dijo—. ¿Tienen comida para cerdos?

Judy prestó oído.

—Ajá. Ajá. —Asintió—. ¿Queso cottage? Suena bien. ¿Yogurt? Suena saludable. —Asintió un poco más—. ¡Gracias!

—Ya sé —le dijo a Stink—. Démosle un baño a P.G. mientras traen la comida.

Judy llenó la bañera con un poquito de agua tibia.

—Y ahora, un poco de champú para cerditos. —Llenó el agua de espuma, como un baño de burbujas—. Allá vas.

P.G. pataleó. P.G. chapoteó. P.G. saltó.

—¡Mira! Le encanta —dijo Judy.

—Lástima que no tenemos un patito de hule. Digo, un *cerdito* de hule —dijo Stink.

—Stink, ponle un poco de champú y yo lo frotaré.

Stink fue corriendo por la botella de champú.

—*Lava-lava-la-pancita, al cerdito le encanta su aguita* —cantó Judy. P.G. resopló y chilló.

—Esa no es una de las canciones que le gustan —dijo Stink.

—*Este cerdito vino al D.C. ...* —cantó Judy.

Lo enjuagó.

—Listo. Rechina de limpio —dijo—. Trató de sacarlo de la bañera, pero P.G. estaba todo húmedo y resbaloso. Jabonoso y escurridizo.

—Ayúdame, Stink. Agarra una toalla. Está súper resbaloso.

Stink se acercó y le extendió la toalla. Judy levantó al cerdito. El cerdito se súper revolvía. El cerdito se extra zarandeaba.

—Señor Cerdito Zaranda —dijo Judy—. Antes de que pudiera envolver a P.G. en la toalla, zarandeándose y revolviéndose el cerdito se le salió de los brazos.

El cerdito salió disparado del baño. P.G. salió disparado a la habitación principal. Corrió derechito a la puerta de entrada, y salió al pasillo.

—¿Quién dejó la puerta abierta? —exclamó Judy.

Judy corrió en pos del cerdo. Stink corrió en pos de Judy, con la toalla aún en las manos. P.G. resoplaba y chillaba y chocaba con las paredes. Persiguieron al cerdito por la elegante alfombra, entre pinturas de cerezos en flor. Pasaron junto a una gata tricolor con una tiara. Persiguieron al cerdito hasta el gran letrero rojo de SALIDA.

—¡PeeGee WeeGee! ¡vuelve aquí! —exclamó Judy.

¡Ding! Judy escuchó un timbre. ¡OH, NO! ¡A-S-C-E-N-S-O-R! ¡Ascensor!

—¡Corre, Stink! Tenemos que atraparlo antes de que entre al... ¡PEEGEE WEEGEE! ¡NOOooo!

¡P.G. estaba en el ascensor!

¡Wuuush! Las puertas se cerraron. ¡P.G. se iba en el ascensor!

—¡Stink! —exclamó Judy—. ¿Por qué no lo atrapaste con la toalla?

—¿Estás bromeando? Los cerdos mojados son tan resbaladizos como un relámpago

engrasado. Y rápidos. Más vale que les digamos a mamá y papá lo que ocurrió.

—¡Se los diré a mamá y a papá cuando los cerdos vuelen! —dijo Judy.

—Pero tal vez puedan poner una alerta de cerdo suelto en el hotel o algo así.

—¡O algo así! —Judy miró los números que se iluminaban sobre la puerta del ascensor. —Vamos, Stink. Está subiendo. Tenemos que atraparlo antes de que...

Stink señaló con el dedo.

—¡Ahora está bajando! ¡Seguramente el ascensor llegará hasta el vestíbulo!

—¡Lo tengo! —dijo Judy—. ¡Las escaleras!

Judy y Stink abrieron de un empujón la puerta a la escalera. Bajaron corriendo por uno, dos, tres tramos de escaleras. Bajaron corriendo por cuatro, cinco, seis tramos de escaleras.

Cuando llegaron al fondo, Judy se dobló, jadeando.

—¿Por qué tuvimos que conseguir un cuarto en el séptimo piso? —preguntó.

—Porque dijiste que el siete es un número de la suerte —dijo Stink.

—Bueno, pues vaya que resultó ser de MALA suerte —dijo Judy.

Abrieron la puerta a un pasillo y doblaron una esquina para llegar al vestíbulo.

El vestíbulo estaba vacío. Todas las puertas de los ascensores estaban cerradas.

No había ni un rastro de cerdo por ningún lado. Ni un pelo. Ni siquiera una cola.

Un cerdo en la ciudad

—¡No está aquí! —exclamó Judy—. ¿Qué vamos a hacer?

Ella, Judy Moody, tenía toda la suerte. La *MALA*. P.G. estaba P-E-R-D-I-D-O, *perdido*.

—Tal vez se bajó en otro piso —dijo Stink.

¡Ding! En ese momento, se abrió la puerta de un ascensor. Judy y Stink fueron corriendo y se asomaron. Salió un hombre en bata de baño y con chancletas.

—¿Ha visto un cerdo? —le preguntó Judy—. Es como de este tamaño, rosado, con una mancha negra en la cola. Responde al nombre PeeGee WeeGee, o P.G.

—Lo siento. Bajé sin cerdos —dijo el hombre, y se dirigió a la piscina.

¡*Ding!* Llegó otro ascensor. Solo salió una señora canosa con una sombrilla.

—Tiene que estar por aquí, en algún lado —dijo Judy—. Vamos, Chinche. Piensa como cerdo.

—Tengo hambre —dijo Stink.

—Ahora no, Stink.

—Pero me dijiste que pensara como un cerdo. Los cerdos siempre tienen hambre. —Stink formó una bocina con su mano—. ¡Mar-co!

—Oinc-o —respondió Judy.

—Es *Polo* —dijo Stink.

—Em, Stink, lamento decírtelo, pero los cerdos no pueden decir "Polo".

—Ah. Sí.

Judy se dejó caer al suelo. No tenía caso. Su centavo de la suerte debía estar más muerto que una uña. Se le había agotado la suerte. Ahora parecía que solo le daba de la otra. La M-A-L-A.

—Vamos, Stink. Si fueras un cerdo en un gran hotel, ¿a dónde irías?

—¿A la porqueriza? —bromeó Stink.

—Ponte serio.

—Iría a caballito, digo, a cochinito en uno de esos carritos hasta la piscina. Luego subiría al trampolín y...

—¡Cuando los cerdos vuelen! —dijo Judy. Un momento. ¿Volar? ¡Por supuesto! El ascensor de vidrio—. ¡Sígueme!

Judy y Stink estaban en el mismísimo centro del lobby. Miraron arriba, arriba, arriba, al elegante ascensor de vidrio.

—¿Ese es quien creo que es? —preguntó Stink.

No era una iguana llamada Iggy. No era una chinchilla. No era un Oompa Loompa de los de *Charlie y el gran ascensor de vidrio*. Era un cerdito que daba vueltas como loco dentro del ascensor de vidrio.

—¡P.G.! —exclamó Judy—. ¡Apúrate! *¡Apúrate ascensor!* ¿Por qué tiene que tardar tanto?

¡Ding! Por fin, el ascensor llegó, y la puerta se abrió. P.G. estaba persiguiendo su cola y dando coces con sus patas de cerdo.

—Mantén la puerta abierta —le dijo Judy a Stink. Luego le habló como bebé a P.G.— ¿Quién es un cerdito malo? Tú. Sí, tú eres. Gu, gu, gu.

—Estás chiflada —dijo Stink.

Justo en ese momento, P.G. salió disparado por la puerta del ascensor. Se le escapó a Judy, y dejó atrás a Stink. *¡Oinc! ¡Oinc! ¡Hork!* Corrió chillando y gruñendo, resbalándose y deslizándose por el piso de mármol del lobby. Corrió hacia un árbol en maceta y husmeó la tierra.

—¡Tierra! ¡Extraña la tierra! —dijo Stink.

¡Chuuu! P.G. estornudó y sacudió las orejas. Corrió en círculos alrededor de la fuente del lobby.

—¡P.G.! ¡No! —dijo Judy, pero era demasiado tarde. *¡Ker-splash!* P.G. se zambulló de un salto.

—Hora de la toalla —dijo Judy, y le quitó la toalla a Stink—. Muy bien. Voy a acercarme por detrás y agarrarlo.

Puntitas... puntitas... puntitas... ¡Salto!

—¡Te tengo! —dijo Judy. Envolvió a P.G. en la toalla y lo acurrucó contra ella.

—P.G. ¿qué estabas pensando? Ya te habías bañado, cerdo chiflado.

Judy, Stink y P.G. volvieron al ascensor. Stink presionó el siete.

—¡Subiendo! —dijo.

—Nos tenías preocupados, P.G. Vaya que sí —dijo Judy y levantó a P.G. en el aire y frotó su nariz con la de él. —¡Dame un beso!

Cuando regresaron, papá asomó la cabeza.

—¿Dónde estaban ustedes dos?

—Em, solo llevamos a P.G. a dar un paseo en el ascensor —dijo Judy—. No pasó nada.

—La próxima vez, *pregunten* antes de salir de este cuarto —dijo mamá—. Los dos.

—¿Y quién ordenó todo este queso cottage? —preguntó papá.

—Fuimos nosotros. Es para P.G. —dijo Judy. *¡Snarf!* P.G. ya se había puesto a comer solito.

—Está bien. Tengo que hacer una llamada para ver cómo está la abuela Lu. Aquí estaremos si nos necesitan —dijo mamá.

Cuando P.G. terminó de zamparse su comida, saltó a la cama y se acomodó en su almohada especial. Judy lo envolvió en su manta favorita, donde se acurrucó con Mono Azul.

—*El cerdito se montó a un ascensor* —canturreó Judy.

Stink encendió la televisión. P.G. sacudió la cabeza hasta que sus orejas se menearon, y se echó hacia atrás.

—¡Stink! La tele lo enloquece, y apenas acabo de calmarlo.

—Lo siento —dijo Stink. Quitó el sonido, y cambió canales.

—Recuerda, P.G. —susurró Judy—. Nada de chillar cuando Jessica regrese, ¿está bien? ¿El viaje en ascensor? Ese es nuestro secreto. ¿Me lo prometes?

Judy tomó la pata derecha de P.G. y la estrechó.

—¡Oye, mira lo que está en la tele! —exclamó Stink—. *Babe en la ciudad*, la secuela de su película favorita. Babe, el cerdito pastor de ovejas, ahora va a la ciudad.

—Eres un cerdo con suerte —le dijo Judy a P.G. Se acurrucó con él para ver la película. Stink subió el volumen.

—Y ahí está el granjero Hoggett —dijo Judy—. Está herido. Y ahora Babe tiene que tratar de salvar la granja.

Los tres vieron juntos la película.

—¿Ves? Babe también se hospedó en un hotel. Igual que tú.

—¡*Mmmf!* —resopló P.G.

—Mira. Le está dando sueño —dijo Stink.

—Ha tenido un día pesado —dijo Judy—. Es *P.G., el Cerdito en la ciudad.*

E-M-A-N-C-I-P-A-C-I-Ó-N

Zzzz. Por fin, PeeGee WeeGee comenzó a roncar. *¡Snurf!*

—Fiu. Tuvimos suerte. Se durmió. ¿Verdad que se ve lindo cuando duerme? —susurró Judy.

—Sus ojos se mueven. Creo que está soñando —dijo Stink.

—Visiones de queso cottage danzan en su mente —dijo Judy.

—Visiones de *ascensores* —dijo Stink.

—¡Shh! —le advirtió Judy.

Casi eran las cuatro. Jessica podía volver en cualquier momento.

—¡No vayas a soltar nada sobre el viaje en el ya-sabes-qué! —dijo Judy, llevándose el dedo a los labios.

¡Toc, toc!

Judy se levantó y abrió la puerta. En efecto, era Jessica Finch. Y tenía una abeja pintada en la cara, por el concurso de deletreo.

—¿Cómo estuvo el conc...? —comenzó a preguntar Judy, pero Jessica corrió hacia P.G.

—No lo despiertes. Acabo de...

Demasiado tarde. Jessica ya había levantado a P.G. en los brazos y estaba dándole abrazos y besos.

—¡P.G.! —dijo—. ¡Te extrañé!

—*¡PeeGee WeeGee!* —chilló P.G., y torció la cola.

—Ay, también me extrañaste, ¿verdad, pequeño? —dijo Jessica.

El señor y la señora Finch llegaron tras de Jessica. Se asomaron. La habitación de los Moody era un desastre. La cama era un tornado. Había calcetines y zapatos tirados en el piso. Envases de queso cottage vacíos por todos lados.

—¿Qué pasó aquí? —preguntó el señor Finch.

—¡Este lugar es una pocilga! —dijo Jessica con una carcajada.

—Claro —dijo Judy—. Es *tu* cerdo. Tú sabes cómo es él.

—Me temo que sí—dijo la señora Finch.

Mamá y papá salieron de la otra habitación al oír el alboroto.

—Los chicos sí que se divirtieron con P.G. —dijo papá.

—Le dimos un baño —dijo Stink.

—Y le enseñé a dar besos —dijo Judy.

—Y P.G. no se escapó ni se subió al ascensor ni nada de eso —dijo Stink.

Judy miró a Stink con furia.

—¡Bocón! —murmuró. Rápidamente, cambió de tema—. Rápido, Jessica. Dinos qué pasó en el concurso de deletreo.

—Estuvo bien.

—¿Bien? —exclamó Judy—. ¿Eso es todo? Si no ganaste está bien, ¿sabes?

—Sí, pero, bueno, em... Sí gané.

—¿GANASTE? —dijo Judy—. ¿*Venciste*? ¿Venciste a todos? ¿Hasta a Sanjay Sharma? ¿Eso significa que el Tercer Grado T y la Escuela Virginia Dare se llevan a casa el trofeo del Gran Concurso de Deletreo de Tercer Grado?

Jessica asintió.

—¿Ves? ¡Te dije que ganarías! Aunque haya manchado tu lista.

—¿Pueden creerlo? Nuestra hija ganó —dijo el señor Finch.

—Estamos muy orgullosos de ella —dijo la señora Finch.

—¡Felicidades, Jessica! —dijo mamá.

—¡Bien hecho! —dijo papá.

—¿Dónde está el trofeo? —preguntó Stink.

—Entonces no entiendo —dijo Judy—. ¿Por qué estás rara?

—No estoy rara —dijo Jessica.

—Claro que sí. Deberías estar corriendo por el cuarto y gritando "gané, gané" y dando saltos sobre los muebles.

—Vamos, cariño. Cuéntanos —dijo mamá.

—Bueno, primero deletreé *caricatura* y *pesadilla*.

—Pan comido —dijo Judy.

—Luego se puso más difícil. Sentí un nudo en el estómago cuando dijeron *inconcebible*, porque no recordaba si era con *ce* o con *ese*.

—Yo *ce* que no es con *ese* —dijo Stink. Todos rieron.

—Luego quedamos solo Sanjay y yo. Pensé que de seguro él iba a ganar. Estaba tan nerviosa que mis dientes castañeteaban como si estuviéramos en mitad del invierno.

—¿Con qué palabra ganaste? —preguntó Judy.

—¿Fue *titánico*? —preguntó Stink.

—¿Fue *gigantesco*? —preguntó Judy.

—¿Fue *presidente*? —preguntó Stink—. No, espera. ¿Fue *rompemuelas*? Fue *rompemuelas*, ¿verdad?

Jessica se encogió de hombros.

El señor Finch dijo:

—Su madre y yo estábamos preocupados, porque no estaba en ninguna de las listas.

—Todavía no sabemos cómo la sabía —dijo la señora Finch.

La coleta de Jessica rebotó cuando volteó a ver a su mamá y luego a su papá.

—Adelante. Diles tu palabra, cariño —dijo la señora Finch.

Jessica hundió el zapato en la alfombra. Susurró algo que Judy no oyó bien.

Judy dio un salto.

—¿Qué? ¿Dijiste...?

—*Emancipación* —dijo Jessica, un poco más alto—. ¿Ya? ¿Estás contenta? ¡La palabra fue EMANCIPACIÓN!

—*¡Emancipación!* —exclamó Judy. No pudo contener una carcajada.

—¡Oigan! —Stink fue corriendo a agarrar a Abraham Lincoln—. Es la palabra que está en la estatua de mi segundo presidente favorito. La compré ayer.

—¡Esa misma! —dijo Judy—. Qué bueno que Jessica no deletreó *emancipasión*.

—Vaya coincidencia —dijo papá.

—Es una coincidencia INCONCEBIBLE. ¡Fuera de lote! —dijo Judy.

—Estás en un golpe de buena suerte, Jessica —dijo Stink—. Igual que Judy.

—Racha —dijo Judy—. Una *racha* de buena suerte.

—¿La viste en mi estatua y por eso la sabías? —preguntó Stink—. ¿Así que te ayudé a ganar?

—En realidad, fue Judy —admitió Jessica.

—Fui yo quien dijo que tú, Jessica Finch, puedes deletrear hasta palabras de quinto grado. ¡De hecho, apuesto a que puedes deletrear todo el diccionario!

—Gracias —dijo Jessica—. Perdón por ser tan quejona.

—Tan yo-no-fui —dijo Judy.

—Eso. Es que estaba tan nerviosa...

—Está bien. Perdón por ser tan tonta con la albóndiga que se me cayó en tu lista de deletreo. Y justo en las palabras importantes. Es normal que estuvieras nerviosa.

—¡*Albóndiga* fue una de las palabras del concurso! —dijo Jessica.

—¡No me digas! —dijo Judy.

—Oigan, tengo una idea —dijo papá—. Emancipémonos de este hotel y vayamos por helado a Pitango para celebrar. ¿Qué les parece?

—¿Y luego podemos ir a la Vieja Oficina Postal? —preguntó Judy—. Tienen un campanario y puedes subir y ver sumamente lejos.

—Leí que la torre del reloj tiene una de las mejores vistas de la ciudad —dijo mamá.

—¡Gran idea! —dijo el señor Finch. La señora Finch asintió.

—A P.G. le gusta el helado —dijo Jessica.

—Yo quiero, tú quieres, todos queremos helado —cantó Stink, y tomó la delantera.

❦   ❦   ❦

La mañana siguiente, llegó la hora de irse a casa. Afuera, en la acera frente al hotel, los Moody se despidieron de los Finch durante algo así como una hora. Aburrido.

Por fin, el auto de los Finch se alejó. Judy corrió por la acera hasta la curva, despidiéndose con la mano y mandándole besos a P.G.

Cuando el auto se perdió de vista, Judy se metió la mano en el bolsillo para pedir un nuevo deseo con su centavo de la suerte.

¡Qué! ¿Y la moneda?

Buscó más a fondo. Cielos. Buscó en todos los rincones, pero solo encontró pelusas. Revisó todos sus demás bolsillos. Dos veces.

Se dio la vuelta, buscando aquí, allá, por todas partes. Revisó las grietas de la acera. Hasta buscó en su zapato.

No tuvo suerte. El centavo de la suerte no estaba en ninguna parte. Revisó su bolsillo una última vez. Entonces lo encontró.

¡Un agujero!

Su centavo de la suerte se había ido
definitivamente. Ido de verdad. Eman-
cipado. Liberado. ¿Perder un centavo de

la suerte daba mala suerte? ¿Qué tal si nunca volvía a tener buena fortuna?

De pronto, una luz intermitente en el cruce le llamó la atención. Dos patrullas de policía se detuvieron, y pararon el tránsito.

Judy miró calle abajo con los ojos entrecerrados, hacia la luz que brillaba. Justo entonces, le pareció ver... ¿Podía ser? ¿Acaso sus ojos la engañaban? *¡No!*

—¡Oigan! ¡Oigan! —gritó hacia la acera, tratando de llamar la atención de su familia. Judy volvió corriendo al auto, y golpeó la ventana para llamar la atención de mamá y de Stink. Papá tenía la cabeza metida en la cajuela, y forcejeaba con el equipaje.

Judy dio saltos, y dio manotazos señalando.

—¡Es él! ¡De verdad! ¿Lo vieron?

—¿Quién? —preguntó Stink. Salió del auto, se montó en un banco y miró hacia el final de la calle—. Solo veo un montón de autos negros.

—Los autos negros de los *agentes secretos* —dijo Judy—. ¡Era él! El presente. Digo, el presidente. Pasó trotando por ese cruce. ¡De verdad!

—Parece la caravana presidencial —dijo papá.

—Debe haber salido a trotar —dijo mamá.

—¡No puedo creer que me lo perdí! —le dijo Stink a Judy—. Viste un presidente de verdad. No es justo. Toda la suerte la tienes tú.

—Pero yo no... —comenzó a decir Judy, pensando en su centavo de la suerte perdido.

¡Hey, esperen justo un segundo de niña sortaria! Sí tenía buena suerte sin su centavo de la suerte. ¡Qué genialidad!

❧   ❧   ❧

Mientras se alejaban, Judy miró por la ventana trasera del auto hasta que el Monumento de Washington fue solo un punto diminuto. Una peca en el horizonte.

Se despidió del Distrito de lo *Cool*.

Ella, Judy Moody, era una VAYA-BAYA-VALLA-MAYA-MILLA-NIÑA-SORTARIA. Le tocó vivir una aventura con un cerdo fugitivo, ayudó a ganar el Gran Concurso de Deletreo de Tercer Grado, y hasta se hizo amiga de verdad de Jessica Finch.

Y recibió un presente. ¡El presente de ver al presidente!

Fotografía de Michele McDonald

Megan McDonald es autora de la popular serie Judy Moody y Stink, así como la serie Judy Moody y sus Amigos para nuevos lectores. Ha escrito muchos otros libros para niños, entre ellos la serie de cuentos de Hormiga y Abeja Mielera, la serie Club de Hermanas, y varios álbumes ilustrados. Antes de dedicarse de tiempo completo a la escritura, Megan McDonald trabajó como bibliotecaria, librera y actriz de recreaciones históricas. Vive en el Norte de California con su esposo, Richard Haynes, que también es escritor.

Peter H. Reynolds es el ilustrador de la popular serie Judy Moody y Stink, además de muchos otros libros, entre ellos varios

también escritos por él. Estos incluyen su Creatrilogía de álbumes ilustrados: *El punto, Izo* y *Color cielo*. Su libro *El punto* inspiró el Día Internacional del Punto, que se celebra cada septiembre alrededor del mundo. Además de escribir e ilustrar, Peter H. Reynolds es dueño de una librería, animador y educador. Vive en Massachusetts con su familia.